Lucien RAULET

LES

CHEVAUX DE MARLY

DE GUILLAUME COUSTOU

AUX CHAMPS-ÉLYSÉES

PARIS

HONORÉ CHAMPION, LIBRAIRE

5, QUAI MALAQUAIS

1909

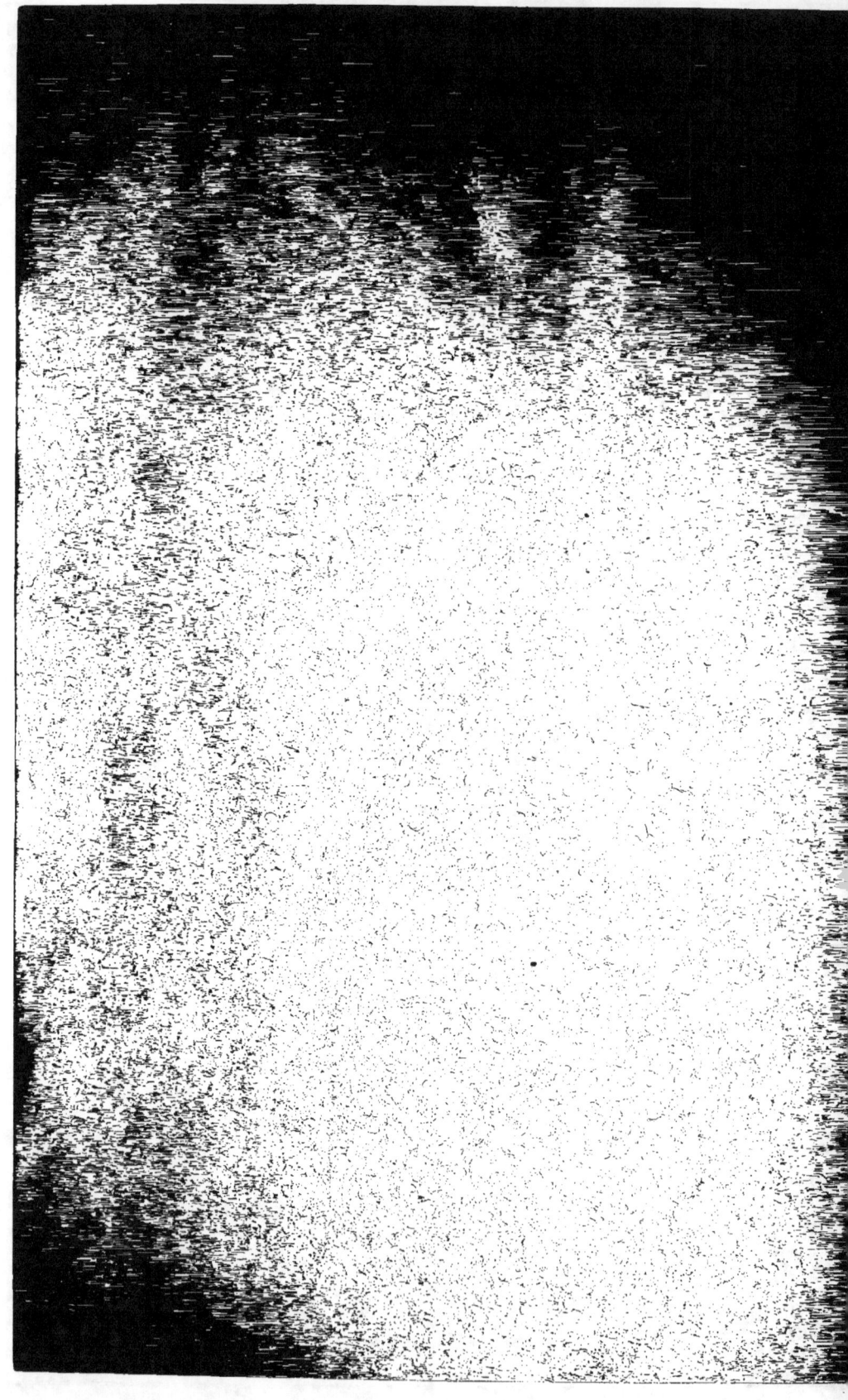

Lucien RAULET

LES

CHEVAUX DE MARLY

DE GUILLAUME COUSTOU

AUX CHAMPS-ÉLYSÉES

PARIS

HONORÉ CHAMPION, LIBRAIRE

5, QUAI MALAQUAIS

1909

Extrait du Bul. Soc. VIIIe Arrond^t.

LES CHEVAUX DE MARLY

DE GUILLAUME COUSTOU

AUX CHAMPS-ÉLYSÉES

On a déjà parlé dans notre Bulletin [1] de ces deux superbes groupes qui signalent l'entrée de la magnifique avenue terminée par l'imposant monument de l'Arc-de-triomphe de l'Etoile ; une nouvelle étude qui en a été faite nous apporte plusieurs renseignements inédits puisés aux meilleures sources, principalement en ce qui concerne la période d'exécution de ces deux chefs-d'œuvre de la Sculpture française, renseignements que nous pourrons compléter par d'autres concernant la période d'installation aux Champs-Elysées. L'ouvrage est écrit en anglais sous ce titre: *Historical notes on the Chevaux de Marly [de Guillaume Coustou, 1739-1745] and the château de Marly. Followed by a collection of original documents referring thereto, compiled from the Archives nationales and the Bibliothèque nationale*. Paris. Tiffany and Cᵒ 1907. In 8ᵒ, autographie de 56 pages non chiffrées, avec illustrations, signé G. P.. — toutefois nous savons que l'auteur est M. Georges Pélissier, notre nouveau collègue, fort averti sur les questions artistiques, aussi bien sur les artistes que sur leurs œuvres.

1. *Les Chevaux de Marly.* par Eugène LE SENNE. Bullet. Soc. hist. VIIIᵉ arrond. t. I, 1899, 54-59.

Nous n'avons pas à nous occuper ici de ce que l'auteur dit du château de Marly [1], mais seulement des groupes de Coustou que nous suivons depuis leur commande faite en 1739, pour orner l'abreuvoir du château en remplacement de ceux de Coysevox, jusqu'à leur translation à Paris en 1794. Les modèles en plâtre, grandeur d'exécution, furent bientôt prêts, mais dans l'impossibilité de les transporter au grand Salon du Louvre (Exposition de 1740), « les curieux purent aller les voir dans l'atelier où ils avaient été faits, au coin de la rue du Vieux Louvre, joignant M. le duc de Nevers ». L'auteur nous donne la correspondance échangée avec le sculpteur Slodtz, chargé, en 1741, d'aller choisir à Carrare les blocs de marbre nécessaires à leur exécution. Les passeports et la permission d'arborer le pavillon français furent demandés par les marchands « pour passer avec plus de sûreté de Carrare à Marseille, surtout par rapport aux courses des Algériens qui respectent ce pavillon ».

L'auteur nous renseigne longuement sur les sommes payées par la direction des Bâtiments du roi, ce qui offre un certain intérêt, surtout pour les Américains pour lesquels la publication a été faite, et qui aiment, lorsqu'ils s'occupent d'un édifice ou d'un objet d'art, savoir le prix qu'il a coûté. Le sculpteur Coustou avait demandé la somme de 128.800 livres, mais en comparant son travail avec celui de Coyzevox qui n'avait reçu au commencement du XVIIIe siècle que 40.000 livres, pour ses deux groupes placés maintenant à l'entrée du jardin des Tuileries, et en admettant, « l'enchérissement d'après la différence des temps », il fut réglé à 85.000 livres sans compter le prix des deux blocs de marbre de Carrare et leur transport.

1. Nous ferons cependant remarquer que M. G. P. suit l'opinion de l'abbé Lebeuf en faisant dériver Marly « de *marla*, sorte d'argile trouvée dans les environs ». Cette étymologie est certainement tout autre, elle doit être tirée d'un gentilice ou d'un cognomen romain, avec le suffixe latin - *acus*, du gaulois - *acos*, qui a le sens de villa, domaine. On avait aussi pensé à rapprocher Marly des nombreux Mailly de France, anciens Malliacus, sur un gentilice Mallius, et qui, par rotacisme ou changement de *l* en *r*, aurait donné Marly, mais il en est tout autrement si l'on se reporte à la plus ancienne forme du nom de cette localité « *Mairilacum* » dans un acte du 25 avril 697, ce qu'il faudrait traduire par le domaine de Mairilus ou d'un nom similaire.

M. Pélissier estime que le poids de chacun de ces deux groupes est de 30.000 livres en se basant sur ce que Grobert en dit dans son ouvrage [1], mais le Directeur de l'arsenal de Meulan chargé du transport des deux groupes de Marly à Paris, se trompe, comme il le fait d'ailleurs en confondant Nicolas Coustou avec son frère cadet Guillaume, leur véritable auteur. Grobert voulant se rendre compte du poids des deux groupes à transporter, suppose que chacun des deux blocs de marbre entiers pesant 90 milliers ne doivent plus peser que 30.000 livres chacun, une fois terminés, et il renvoie pour le poids brut aux *Mémoires d'artillerie* de Saint-Remy [2]. Si l'on consulte cet ouvrage, on voit que ce lieutenant du grand maître de l'artillerie parle, non des chevaux de Coustou, mais de ceux de Coyzevox, en 1700-1702.

On pourrait corriger la date vieux style, 24 octobre 1794, donnée pour le rapport de Norry et Boizot sur un projet de translation des groupes, qui ne fut pas accepté, du troisième jour de la première décade du deuxième mois de l'an II, ce qui correspond au 24 octobre 1793 et non en 1794 [3].

L'ouvrage de M. G. Pélissier que nous signalons à nos collègues, se présente avec un certain cachet d'originalité par son autographie sur papier crême non rogné, l'illustration même par des cartes postales illustrées n'en est pas banale, et pour les lecteurs de langue française à qui la langue anglaise n'est pas très familière les documents de l'important appendice, les pièces justificatives, sont donnés dans la langue originale avec la traduction anglaise. Enfin cet ouvrage, par les recherches personnelles de l'auteur, est une excellente contribution à l'histoire des beaux groupes de Coustou qui ornent l'entrée des Champs Elysées.

1. *Description des travaux exécutés pour le déplacement, transport et élévation des groupes de Coustou.* Paris. Imp. de la République, Germinal an IV, in-4° oblong, avec planches.
2. 3ᵉ édition 1745, t. II, p. 156.
3. De même pour la date d'édition de l'ouvrage de GROBERT, Germinal an IV, qui correspond à 1796 et non à 1795, page (22).

***

Nous allons à notre tour donner quelques renseignements nouveaux sur les deux groupes qui sont un des joyaux artistiques de notre arrondissement.

On sait que les statues de l'abreuvoir de Marly furent l'objet de déprédations de la part de malveillants à main armée, mais tandis que le ministre de l'intérieur, dans une lettre du 8 septembre 1793 [1], disait à ce propos que « les deux célèbres chevaux avaient été mutilés par des volontaires zélés mais ignorants » le directeur de l'agence de l'enregistrement à Versailles, ayant à s'occuper en floréal an II de la somme à payer, 225 livres pour 45 journées de travail, montant de l'encaissement nécessaire pour préserver de la fureur des malveillants les chevaux de marbre, mettait, au contraire, cette attaque sur le compte de « la fureur insensée des aristocrates » [2].

Ce que l'on sait moins, c'est que l'emplacement de l'entrée des Champs-Elysées ne fut pas primitivement proposé pour l'installation des deux groupes, mais bien, dès le mois d'août 1793, le Palais national (les Tuileries) où siégeait alors la Convention. Le 9 brumaire an II (30 octobre 1793) Mulot, secrétaire de la Commission des Monuments, prie le ministre de l'Intérieur Garat de prendre un parti définitif, « la saison étant déjà avancée pour le transport des chevaux de Coustou destinés à *la porte d'entrée du Palais-National du côté de la place de la Réunion* (Carrousel) ». Le ministre répond que la Convention n'a point encore décrété les fonds pour l'achèvement de tous les travaux qui concernent le Palais national et sur lesquels l'architecte Gisors avait compris la dépense tant de la grille que du transport des chevaux, lequel ne peut s'effectuer que par le moyen des échafauds mécaniques en charpente et par

---

1. Arch. nat. F [17] 1036.
2. Arch. départementales S.-et-O. Série Q. Liste civile. — Il ne faut pas oublier qu'un autre encaissement des deux groupes devint nécessaire en 1870, mais ce fut motivé par le bombardement de la ville par les Allemands. (*Marly*, par C. PITON).

leur placement sur les guérites que l'on construit pour les recevoir, transport évalué à 50.000 livres, ce qui excéderait de beaucoup le premier aperçu donné par l'architecte Gisors qui ne portait qu'à 80.000 livres la dépense totale de la grille et du transport des deux groupes.

Le 22 frimaire (12 décembre 1793) un devis estimatif est fait par le citoyen Pellagot, charpentier, 13, rue Basse du Rempart, pour descendre les chevaux de marbre qui sont à l'abreuvoir de Marly et pour les *transporter à la porte de la Convention nationale*, ailleurs on dit : dans *la cour de la Convention*. Ce devis, qui comprenait le transport par bateau de Port-Marly à Paris, place de la Réunion (Carrousel), s'élevait à 22872 livres (l'échafaud aurait nécessité pour sa construction 1650 pièces de bois), tandis qu'un autre devis, celui de Berceault et Hersent, prévoyait une dépense beaucoup plus élevée, 50.000 livres.

On le voit, dans le courant de décembre 1793 la décision définitive n'était pas prise et l'on ne parlait pas encore de l'emplacement actuel. Pendant ce temps, la vente du mobilier du Château de Marly s'est faite ou continue de se faire et l'on recherche toujours les moyens de transporter les objets d'art tels que les peintures, les antiques et les chevaux de marbre que les commissaires avaient retirés des objets mis en vente. A Versailles, à Marly, à Paris, dans la Commission des Monuments, on s'en occupe mais sans aboutir ; c'est sur ces entrefaites qu'intervient un arrêté des représentants en mission dans le département de Seine-et-Oise et que l'emplacement est cette fois définitivement choisi.

En ce moment on pensait à la décoration de la place de la Révolution (Concorde) et l'on peut supposer que c'est à l'initiative de Grobert, dont nous avons déjà parlé [1], que l'on doit la désignation de l'emplacement définitif choisi pour les groupes et qu'il fut l'inspirateur de l'arrêté du 29 nivôse an II,

1. GROBERT (Jacques-François-Louis), né à Alger de parents français le 17 mai 1759, décédé le 6 décembre 1819, était alors chef de bataillon d'artillerie, directeur de l'Arsenal de Meulan, plus tard sous-inspecteur aux revues, auteur de la *Description pour le transport... des groupes de Coustou*, Paris, an IV, déjà signalé ci-dessus. Nous indiquons ici son projet d'embellissement de la place de la Révolution, présenté le 30 thermidor an III (18 juillet 1795), projet fort important et dont nous aurons peut-être à nous occuper prochainement.

fort important pour l'historique des chevaux de Marly, c'est ce qui nous engage à le publier *in extenso* [1].

29 nivôse an II (18 janvier 1794) [2].

Les Représentants du peuple, députés dans le dépt de Seine-et-Oise,

Arrêtent ce qui suit :

1° Les grouppes des chevaux de Marly qui existent sur le bassin inférieur, en face de l'avenue de la maison nationale de Marly, seront transportés à Paris et déposés à l'extrémité de la grande avenue de Chaillot, sur la place de la Révolution, sous la direction du citoyen Grobert, Directeur de l'arsenal de Meulan.

2° Les frais des opérations préparatoires, constructions et transports, seront imputés sur les seize cent mille livres affectées à l'établissement de l'arsenal de Meulan par la loi du 22 vendémiaire. Le Directeur du dit arsenal en comptera sur son état mensuel avec les commres du Ministre de la Guerre, de la municipalité de Meulan et celui nommé par nous au nom du Comité du Salut public, sauf le remplacement des dits fonds.

3° Les représentants du peuple requèrent les corps administratifs de seconder l'opération susdite et mettre en réquisition les bois de charpente, ou en grume, que le Directeur demanderait pour la parfaire. Ils requèrent également les préposés à l'emploi et à la distribution des chevaux du dépôt de Versailles et à leur défaut les municipalités qui pourraient en fournir, afin qu'elles en livrent la quantité nécessaire pour le transport susdit, en les faisant accompagner par un nombre convenable de conducteurs.

4° Le Directeur susnommé et le chef ouvrier proposé à cette opération, seront logés dans la maison nationale de Marly, on leur fournira les meubles nécessaires pour leur séjour.

5° Seront également logés, soit dans la maison nationale, soit dans les dépendances, les ouvriers employés à ce travail, et dans le cas où cette maison ne serait pas suffisamment pourvue de lits pour les coucher, il en sera transporté la quantité nécessaire. Le concierge de Marly surveillera la distribution, conservation et recouvrement du linge, matelas et autres objets, ainsi que leur retour dans le dépôt de Versailles. Les citoyens Couturier, régisseur du Domaine, et Devienne, inspecteur du garde-meuble,

1. Cet arrêté doit se trouver en original aux archives départementales de Seine-et-Oise. Il a été inséré le 5 pluviôse suivant sur le registre des délibérations du Conseil général de la commune de Meulan, localité où se trouvait l'arsenal chargé du transport; une copie est aux Archives historiques de la guerre et une autre copie aux Archives nationales.

2. Et non 18 Juillet, comme l'indique M. Pelissier.

pourvoiront aux dites fournitures et en cas d'insuffisance, il y sera pourvu par le Commissaire des Guerres.

6° Les ateliers de charpente nécessaires seront établis dans les écuries, remises ou autres emplacements que le Directeur assignera, dépendant de la maison nationale de Marly.

7° Le Directeur est autorisé à ordonner dans la partie du jardin de Marly, la plus voisine des dits chevaux, la coupe et le débit des arbres nécessaires pour la construction de l'appareil susdit. Ils seront transportés à l'arsenal de Meulan, après que la dite opération sera achevée. Il en sera dressé un état détaillé et estimatif contradictoirement avec un commissaire nommé à cet effet par le District de la Montagne du Bon Air [1].

8° Le Maire et la commune de Paris sont invités à accorder au Directeur les secours et emplacements nécessaires pour poser les groupes susdits à proximité de l'endroit où l'on se propose de les établir à demeure.

9° On transportera un groupe à la fois, afin d'économiser sur l'établissement de l'échafaudage et de l'appareil des Equipages, en sorte que le même échafaud puisse servir successivement au déplacement des deux groupes.

10° Copie du présent arrêté sera transmise au Ministre de la Guerre, au District de Montagne de Bon Air, aux Commissaires des Guerres et préposés aux charrois et dépôts de chevaux de Versailles, ainsi qu'aux municipalités de Paris et de Marly.

11° Le présent arrêté ne doit être exécuté qu'autant qu'il n'existe pas de traité existant actuellement pour le transport des dits groupes ; pour s'en assurer le Directeur se rendra sur le champ au Comité d'Instruction publique, et sera tenu de commencer les travaux dans la première décade de Pluviôse.

Versailles le 29 nivôse, l'an II de la République une et indivisible.

Signé : Ch. DELACROIX, J.-M MUSSET.

Au-dessous est écrit : Il n'existe point de marché fait par le Comité pour le transport des chevaux de Marly. On avait chargé la commission des Monuments, qui avait renvoyé cet objet au Ministère de l'Intérieur, signé : SERGENT.

Ensuite et en marge est encore écrit : D'après les renseignements pris et la note ci-dessus, le citoyen Grobert est requis de commencer ses opérations sous 24 heures, sauf à les cesser si le Ministre de l'Intérieur annonce qu'il existe un marché dont l'exécution est commencée.

A Versailles le 30 nivôse l'an 2me de la République une et indivisible.

Signé : Ch. DELACROIX, J.-M. MUSSET.

1. Saint Germain-en-Laye.

2

Le 2 pluviôse Grobert écrit au ministre : « L'arrêté des représentants m'enjoint impérativement de commencer l'ouvrage si je n'ai pas reçu une lettre de toi qui atteste un marché antérieur dont l'exécution serait imminente 24 heures après la date de l'arrêté susdit qui est du 30 nivôse. Ce terme est expiré et je suis chargé de te faire parvenir cette observation ».

Pellagot, le charpentier parisien, de son côté ne reste pas inactif, et malgré l'arrêté des représentants en mission qui ont choisi Grobert et l'arsenal de Meulan dont il a la direction, il soutient son projet de transport et son devis ; le 27 pluviôse il assure le ministre de « son opération ; quelque périlleuse qu'elle soit, il se soumet à toutes les garanties possibles, pourvu qu'il ne soit pas contrarié dans l'usage de sa méchanique, très simple, mais très bonne. Quant à son individu, le ministre peut acquérir sur son compte et son talent tous les renseignements possibles auprès du citoyen Robin, député et inspecteur de la salle de la Convention nationale, et il se soumet à la censure du citoyen Hubert, architecte, pour les dessins de son opération ».

Le Directeur de l'Arsenal de Meulan, pour en terminer, se décide à son tour à faire un devis au rabais de 9360 livres (on verra qu'il fut singulièrement dépassé), qui ne permettait plus au ministre aucune hésitation, le devis de Pellagot s'élevant à 22872 livres et celui de Berceault et Hersent à 50000 livres.

Devis approximatif des dépenses nécessaires pour l'enlèvement des chevaux de Coustou placés à Marly, exécutés par le citoyen Grobert.

Façon de deux paires de roues de 9 pieds de diamètre et des jantes de 8 pouces de large sur un pied d'épaisseur .	800 livres
Ferrures desdites roues	1200
2 essieux	2400
4 décades de 12 charpentiers à 5 livres par jour . .	2160
Ferrement et faux frais	1200
Loier des chevaux conducteurs et outils	1600
	9360 livres [1].

1. Arch. nat. F 17 1032.

Devant un tel devis, le ministre écrit à Grobert le 28 pluviôse : « Comme il n'existe aucuns travaux commencés, d'après
l'exposé fait par Pellagot lui-même, rien ne s'oppose à ce que
tu t'occupes sur le champ des moyens d'effectuer ce transport
qui du reste pour l'intérêt des arts et celui de la République
ne pouvait être confié qu'à un citoyen dont les connaissances
doivent le faciliter et en diminuer la dépense ».

Les travaux commencent à Marly, dont on aura un aperçu
par le relevé des dépenses que nous donnons plus loin, et le
fardier destiné au transport se construit dans l'arsenal de
Meulan.

Le Comité de salut public dont nous n'avions pas encore vu
l'intervention, arrête dans sa séance du 5 floréal an II (24 avril
1794) « que les deux chevaux de Marly seront placés à l'entrée
des Champs-Elysées, en face des deux figures de Coysevox,
du pont tournant, sur des piédestaux dont David concertera
avec le citoyen Hubert, inspecteur des travaux nationaux.
La Commission des travaux publics surveillera l'exécution et
fournira les fonds nécessaires à la confection de ces travaux.
— Barère, Prieur, Collot d'Herbois, Billaud-Varenne [1] ».

Le 25 floréal (14 mai 1794), le Comité de salut public, dans
son grand projet relatif au Palais national (Tuileries), à la place
et au pont de la Révolution et au Temple de la Révolution
(Madeleine), arrête par l'article 23 : « *L'entrée des Champs
Elysées sera agrandie*, on y placera les chevaux de Marly en
face de ceux du Pont Tournant, comme il est dit par un autre
arrêté du 5 floréal ; les chevaux seront flanqués de deux portiques correspondant à ceux placés aux deux côtés de l'entrée
du Jardin national près le Pont tournant, les quatre portiques
sont destinés à être ornés de sujets révolutionnaires en pein-
ture et en sculpture ».

Ces portiques ornés de sujets révolutionnaires ne furent
pas exécutés, mais on voit que notre belle avenue doit sa
largeur actuelle à l'installation des chevaux de Marly. Pour
aligner « les chevaux de Marly sur les chevaux qui existent
près le ci-devant Pont Tournant » il fallut déplacer les lan-

1. Arch. nat. A. F. ᴵᴵ, 80.

ternes, « rallonger les têtes du pont qui se trouvent sur le fossé et supprimer les murs circulaires qui les accompagnent »[1].

Les bornes furent également déplacées et replacées en plus grand nombre. Le 13 pluviôse an IV l'architecte Lannoy fait connaître « qu'il a profité de cet élargissement de l'entrée de la belle promenade des Champs-Élysées pour laisser aux gens de pied deux larges trottoirs », mais il a besoin de 46 bornes et il lui en faut encore 19, dont 4 en granit. Il propose de les prendre, en découplant celles qui sont au pourtour de la balustrade qui règne en face des colonnades de la place de la Concorde, ce qui supprimera « un amas de bornes qui étant trop multipliées produisent un mauvais effet sur la place »[2].

Le premier groupe était arrivé le 27 thermidor an II, et dès le lendemain Auguste Hubert, architecte, et Denis-Antoine Chaudet, sculpteur *figuriste*, étaient chargés par la Commission des travaux publics de constater « l'état actuel dans lequel se trouve le groupe de marbre qui vient d'être amené de Marly à l'entrée du Cours de l'Egalité (Cours-la-Reine), du côté de la place de la Révolution, un peu avant l'entrée du Cours, à gauche du fossé et en face du bâtiment occupé par le cit. Badonville. Groupe... posé sur un plateau de bois et suspendu à un châssis de charpente formant chariot à quatre roues composées de 16 rayons avec avant-train portant pour inscription d'un côté « L'arsenal de Meulan » et de l'autre « Le génie des arts est l'ami de la liberté ».

Les experts ne peuvent obtenir l'état qui avait dû être dressé à Marly lors du départ de ce groupe, afin d'en faire le récollement. Le lendemain 29 ils reviennent et rencontrent le cit. Grobert qui n'a pas le procès-verbal resté à Meulan, les experts persistent dans leur demande, Grobert se retire avec humeur. En son absence, et prenant comme témoins les deux factionnaires de la section des Champs-Elysées, les experts

1. Arch. nat. F 13 366. Nous devons les renseignements tirés de cette série F 13, Bâtiments civils, à l'obligeance de M. Léon Le Grand, sous-chef de section, qui en fait actuellement l'inventaire.
2. A. N. F 13 875.

relatent les dégâts, c'est-à-dire les cassures anciennes et nou-
velles survenues au premier groupe amené, au pied, au ge-
nou, au jarret, à la main, à la queue et à la crinière du cheval, à la bride, aux flèches, « qu'il se trouve plusieurs frotte-
mens sur la terrasse (?) occasionnés par les cordages et enfin
que le groupe a été envoyé sans être nettoyé ». Le lendemain, 1er fructidor, un citoyen vient remettre à l'architecte
Hubert, en son domicile, un morceau de marbre provenant
de la queue du cheval et qui avait été trouvé sur l'herbe, le
long du fossé (Arch. Nat. F¹³ 875).

Comme on le voit, l'opération du transport avait occasionné
quelques avaries ; en fut-il de même pour le second groupe
arrivé à Paris le 26 fructidor ? L'inspecteur des bâtiments du
Palais national, Leconte, fait connaître à la Commission des
travaux publics cette arrivée à six heures du soir, il demande
l'autorisation d'enclore ce groupe comme le premier pour
éviter des accidents et il prie de faire le procès-verbal de
réception ainsi que l'on a fait du premier. Il insiste également sur la nécessité qu'il y a de terminer les piédestaux,
« suspendus faute d'avoir des plans et des desseins arrêtés ».

Ce procès-verbal de réception fut-il rédigé ? Nous n'en
avons pas trouvé trace comme pour le premier groupe,
mais nous verrons plus loin, par une lettre de Grobert insérée
dans le *Journal de Paris*, que la rumeur publique colportait
que la statue avait été endommagée.

Il est certain que les groupes ne furent pas placés sur leurs
piédestaux dès leur arrivée à Paris ; c'est d'ailleurs ce qui
avait été prévu dans l'arrêté des représentants de la Convention, en Seine-et-Oise, du 29 nivôse an II, dont nous rappelons
l'article 8 : « Le Maire et la Commune de Paris sont invités à
accorder au Directeur les secours et emplacements nécessaires pour *poser* les groupes susdits à proximité de l'endroit
où l'on se propose de les établir à demeure ». D'autre part, la
lettre écrite par Grobert le 28 fructidor an II (14 septembre
1794), insérée dans le *Journal de Paris* (National) 4e Sans-
Culotide an II (20 septembre 1794), indique bien que les
groupes furent *déposés* et non installés : « J'ai appris que plusieurs citoyens zélés pour la conservation des monuments des

arts regrettaient que le deuxième groupe de Coustou *déposé depuis deux jours* à la place de la Révolution, eût été mutilé dans le transport dont j'ai été chargé, je me crois en devoir de les détromper... » [1], et enfin, d'après les documents que nous publions, on verra que six mois après, en germinal, le Directeur de l'arsenal de Meulan prévoyait des achats de câbles nécessaires à la pose des groupes de Coustou, et en floréal, la ferrure du petit modèle de charpente qui doit servir à les replacer.

Ce ne serait donc qu'après l'établissement des piédestaux, dont parle la plaque commémorative qui devait y être incrustée, que les groupes y furent placés le 25 fructidor an III (11 septembre 1795) [2] ; ils restèrent donc sur la place de la Révolution environ un an avant leur érection définitive.

Il semble que l'idée première fut de reconstituer à Paris les piédestaux avec leur revêtement de marbre, comme ils étaient à l'abreuvoir de Marly, si nous en jugeons par une lettre écrite de cette localité, le 6 praireal (*sic*), an 2e, au citoyen maire de la Commune de Paris par Crussière, secré-taire dessinateur de l'Arsenal de Meulan, stationné à la maison nationale de Marly. Celui-ci fait savoir qu'il est chargé du transport des groupes de Coustou et qu'il a déjà fait conduire « 33 caisses contenant des marbres du revetissement des piédestaux » que les commissaires de la Section des Champs-Elysées ont constaté leur arrivée et donné reçu, qu'il les a fait déposer place de la Révolution à l'extrémité de l'avenue de Chaillot et il invite le maire à faire garder ce dépôt. Cette dépense, pour l'emballage des marbres des piédes-

---

1. Notre collègue M. CIRCAUD a publié cette lettre qui contient d'autres détails intéressants, dans l'*Ami des Monuments et des arts*, XIV, 1900, pp. 39-40. Cette contribution à l'historique des chevaux de Marly est à joindre à la bibliographie donnée par M. Pelissier, ainsi qu'un article publié par M. QUENTIN BAUCHART (Jean Berlieux) : *Les chevaux de Marly aux Champs Elysées* dans les *Annales littéraires des Bibliophiles contemporains*, 1893, pp. 45-54.

2. Dans la collection iconographique du Musée Carnavalet nous avons retrouvé les deux dessins originaux des piédestaux, surmontés des statues équestres, approuvées par la Commission des travaux publics le 21 messidor an III, pour être exécutés conformément à l'arrêté du Comité de salut public en date du 13 messidor précédent, avec la signature du président de la commission, Rondelet. Sur les dessins des piédestaux on lit : Unité, indivisibilité de la République française.

taux s'élevant à 1500 ₶ est d'ailleurs consignée dans un compte financier que nous donnons plus loin.

Le maire envoie cette lettre à la Commission des Travaux publics, n'ayant ni emplacement fermé, ni fonds, et que par suite la municipalité est dans l'impossibilité d'obtempérer à l'invitation faite [1]. Nous ne savons ce que devinrent ces marbres, les piédestaux ayant été construits en pierre comme nous les voyons aujourd'hui.

M. Pélissier nous fait connaître que la première installation des chevaux de Coustou eut lieu à Marly, du 24 juillet à fin septembre 1745, et que le transport fait par la Seine s'éleva à 11.526 livres, les soldats suisses chargés de « garder les deux groupes de marbre, jours et nuits, jusqu'à la position sur leurs piédestaux, reçurent 567 livres ». On sait que ces groupes furent montés de Port-Marly au château, au moyen de rouleaux, tandis que Grobert en fit le transport au moyen d'un fardier qui prit chaque statue sur l'ancien piédestal et devait la remettre directement avec ce fardier sur le nouveau piédestal à Paris. Nous avons vu qu'il n'en fut pas ainsi et que les deux groupes restèrent environ un an sur la place de la Révolution, avant d'être installés définitivement.

Nous réunissons depuis longtemps des notes sur l'arsenal établi à Meulan pendant la Révolution et dont Grobert avait la direction, c'est donc dans les anciennes archives de cet établissement que nous avons relevé quelques notes financières qui ne se trouvent pas dans la *Description* toute technique qui a été faite de ce transport par Grobert.

L'arrêté des représentants du peuple, Delacroix et Musset, est du 29 nivôse an II (18 janvier 1794), et dès le mois suivant, pluviôse, la comptabilité de l'Arsenal indique les nombreuses dépenses faites pour exécuter les diverses opérations nécessaires au transport, mais cette comptabilité conservée dans les archives municipales de Meulan est incomplète et il nous a paru difficile de donner un état définitif de la dépense totale ; nous nous contenterons d'y relever ce qu'il y a de plus inté-

1. Arch. Nat. F¹³ 875.

ressant en rappelant, si l'on trouve les sommes élevées, que nous sommes à l'époque des assignats [1].

Pluviôse an II (janvier-février 1794). — Pour frais de voyage à Marly, Versailles et Paris, séjours et frais relatifs aux opérations préparatoires pour le transport des chevaux de Coustou.   3 10 livres 12 sols

Chaque mois jusqu'en nivôse an III, (décembre 1794-janvier 1795), le citoyen Crussière détaché de l'Arsenal de Meulan, à Marly, reçoit 600 livres d'appointements et 4 ou 500 livres pour l'atelier qu'on y avait établi.

On relève dans les dépenses faites, les noms de Richard, Pot dit Nivernais, charpentiers, Géant à Meulan pour le ferrement de l'équipage destiné au transport.

Pour loyers, acquets et main d'œuvre pour débarquement du char.   229 livres

Thermidor an II. — Au citoyen Crussière pour le service des ateliers de Marly, à la charge par lui de payer sur cette somme le marbrier Corbel.   1 500 livres

Au citoyen Maurice, voiturier par eau, pour avoir transporté à Marli le char destiné à conduire à Paris les grouppes de Coustou.   450 livres

Pour différentes dépenses faites au moment du départ d'un des groupes de Coustou du parc de Marli.   1690[l], 10[s].

Dans les prévisions de Floréal an II, on établit le devis suivant :

Au citoyen Caumont pour le transport des groupes de Marly [et 4 affuts de pièces de 16].   700 livres

Au marbrier (Corbel) pour les travaux de Marly   1 500 livres

Au citoyen Richard, entrepreneur des travaux de Marly   3000 livres

Pour les journaliers de Marly, consommation d'huile et chandelle et faux frais de cet atelier.   800 livres

Pour le loyer de 24 chevaux pour le transport des groupes de Marly pour 5 jours de route y compris la paye des charretiers [2].   720 livres

---

1. En Seine-et-Oise, d'après les tableaux de dépréciation, l'assignat de 100 livres ne valait en numéraire au 1er janvier 1794 que 40 livres, au 1er janvier 1795, 20 livres 4 sols, en germinal an III, 12 livres sols 9 deniers, et au 1er vendémiaire an IV, 2 livres 16 sols.

2. On ne prévoyait pour le transport que 24 chevaux. Grobert dans sa *Description* parle seulement de 10 chevaux pour les paliers et de 15 pour les pentes, ce qui est en contradiction avec un document du 27 thermidor an II, émanant de Grobert lui-même, par lequel il prévient les administrateurs du Comité des Travaux publics qu'un groupe de Coustou (c'était le premier) venait d'arriver et le priant de donner des ordres afin qu'il soit fourni « un logement pour 45 chevaux, 17 charretiers, 2 conducteurs, 5 gardes-forêts et 2 brigadiers qui les accompagnent. Les ouvriers de l'arsenal établiront demain autour de ce groupe une caisse et une palissade jusqu'à l'époque où le deuxième groupe étant arrivé, ils pourront être

Main d'œuvre pour la descente des groupes susdits.   400 livres

Pour l'emballage des marbres, des pieds d'estaux (sic) et pour les grandes caisses et ferrures qui y sont adaptées pour les deux chevaux.   1500 livres

Il faut compter en plus la voiture-fardier fabriquée à l'Arsenal[1]. On remarquera qu'en floréal on prévoyait 5 jours de route, tandis qu'en fructidor Grobert se flattait de n'avoir employé que cinq heures et demie pour le trajet de Marly à Paris.

En messidor les 4 charpentiers qui travaillaient aux ateliers de Marly étaient payés 5 livres par jour et le chef ouvrier 10 livres.

Dépense faite en fructidor. — Au cit. Richard, entrepreneur pour l'appareil de charpente pour l'enlèvement des groupes de Coustou.   1450 livres sur lesquelles il y avait une opposition de 200 livres présentée par un boulanger de Marly, Arrondelle ou Arrondey.

Pour différentes dépenses faites au moment du départ du second groupe de Coustou du parc de Marly.   1329 livres

Prévision pour vendémiaire. — Le citoyen Paul (Pot ?) et camarades pour le transport des groupes de Marly et déposer l'échafaud.   1200 livres

Prévision pour frimaire. — Pour faire la charpente à Marly qui doit servir à la pose des groupes de Coustou sur la place de la Révolution à Paris.   1500 livres

Prévision pour nivôse. — Les citoyens Pot et associés remonteront à Meulan la charpente qui a servi à Marly à l'enlèvement des groupes de Coustou afin d'établir sur cette même charpente la machine qui doit servir à reposer ces mêmes groupes à Paris sur la place de la Révolution.   1000 livres

Dépenses de ventôse an III. — Au citoyen Dumont sculpteur à Paris pour deux modèles des groupes de Coustou déposés dans les salles de la Convention, représentant les groupes enlevés de Marly [2].   200 livres

Payer à des portefaix pour transporter sur des brancards à la Convention nationale les modèles du groupe de Coustou sur le modèle du char et autres modèles.   250 livres

Prévisions pour germinal. — Pour roues d'engrenages pour remonter les groupes de Coustou [avec d'autres dépenses].

placés sur leurs massifs qui seront alors terminés ». Une note du 28 mentionne que « ne trouvant point moyen de loger les charretiers, leurs chevaux et conducteurs, ils ont pris le parti de retourner à Marly » (Arch. nat. F¹³ 875).

1. Dans son *Histoire du Canton de Meulan*, 1907, M. E. BORIES dit, p. 127, que « *suivant une légende* ce serait dans les ateliers de l'Arsenal de Meulan que l'on aurait construit le chariot qui servit à transporter les chevaux de Marly sur la place de la Concorde ». Il aurait suffi à l'auteur, pour confirmer cette légende, de consulter les délibérations de la municipalité de Meulan et le fonds des Archives de l'Arsenal conservé dans cette ville 'D¹¹¹, 17).

2. Il serait intéressant de savoir ce que sont devenus les modèles des deux groupes faits par le sculpteur Dumont qui ornaient les salles de la Convention.

Pour les cables nécessaires pour poser les groupes de Coustou sur la place de la Révolution.　　　　　　　　　　　　　　　　7000 livres

Dépenses de germinal. — Au citoyen Duval, commissionnaire au Port Marly.　　　　　　　　　　　　　　　　　　　　767 livres

Prévision pour floréal. — Au cit. Trotté pour ferrer le petit modèle de la charpente qui doit servir à replacer les groupes de Marly.　1200 livres

Les pièces comptables de l'arsenal de Meulan s'arrêtant au 30 germinal an III (19 mars 1795) nous ne pouvons donner la suite des dépenses faites, mais si nous additionnons celles des mois antérieurs concernant les chevaux de Marly nous trouvons une dépense de 27.000 livres environ, sans compter les sommes prévues pour germinal et floréal, qui s'élèvent à plus de 10.000 livres, ainsi que la voiture fardier fabriquée dans l'arsenal [1]. Il n'est pas inutile de rappeler que le projet Pellagot, non accepté, pour le transport de ces marbres ; avait été l'objet d'un devis s'élevant à 22.872 livres.

S'il avait fallu un important matériel et de grandes dépenses pour le transport des groupes de Marly à la place de la Révolution, les piédestaux, eux aussi, pour leur établissement, réclamèrent de fortes sommes. Nous allons en donner un aperçu, non dans l'ordre, mais avec toute la confusion de pièces isolées qui ne permettent pas d'avoir un total exact :

Place de la Concorde

Mémoire des ouvrages de maçonnerie faits pour la construction du pié d'estal portant l'un des groupes des chevaux numides à droitte en entrant

1. Cet aperçu des dépenses faites est fort incomplet, heureusement qu'au cours de l'impression de cet article nous avons retrouvé une lettre de Grobert, du 16 floréal an IV au ministre de l'intérieur, rappelant que « les travaux relatifs au déplacement, transport et élévation des groupes ont été payés sur les dépenses de l'Arsenal de Meulan et qu'ils ont coûté depuis le 13 pluviôse de la 2ᵉ année jusqu'au 30 nivôse de l'an IV 163 104 livres, mais que les objets qui restent de ce travail et qui sont disponibles : fardier, treuils, charpentes, 8 grands cables, essieux, triqueballe, etc. sont estimés par les experts, 1.200.000 livres au taux actuel ».

Pour donner une idée de la dépréciation du papier-monnaie à cette époque, nous relevons qu'un mandat de 5.000 livres ne valait en numéraire que 346 livres 17 s. 6 d. C'est ce que nous apprend Grobert lui-même, qui avait reçu cette somme du ministre, en plus de ses appointements comme directeur de l'Arsenal de Meulan. Grobert réclamait encore pour cette opération, en l'an VIII, lors de son retour de la campagne d'Egypte, une somme de 1200 francs, en faisant connaître que le matériel créé par lui, machines et chariots, servait habituellement pour les transports du Musée (A. N. F¹³ 875).

aux Champs-Elysées par la place de la Concorde et murs de revêtement du fossé pour *l'élargissement de la route* en vertu des ordres de la ci-devant Commission des travaux publics du 21 messidor l'an III de la république sous la conduite et dessins du citoyen Lannoy architecte 1.

Les dits ouvrages commencés en thermidor l'an III et terminés en frimaire an IV par Margueron maçon.

Ouvrages du mur de revêtement du fossé et pont au derrière	1.070.932 l. 9 s. 6 d.
Ouvrages du pié d'estal et soubassement	314.030 l. 16 s. 2 d.
	1.384.963 l. 5 s. 8 d.

Piédestal taillé en thermidor et fructidor an III et premiers jours de vendemiaire an IV, posé en brumaire attendu que l'échafaud mécanique étant employé de l'autre côté il a fallu différer la pose 2.

Nous voyons qu'en thermidor an III, la Commission des travaux publics avait chargé le citoyen Moitte, sculpteur « dont le mérite lui est connu, de la restauration, de la surveillance et du nettoiement des groupes, de se concerter avec le cit. Lannoy, architecte et le cit. Grobert chargé du placement de ces groupes et ne rien négliger pour qu'il ne soit apporté aucune altération dans les formes de ces groupes. Ces marbres étant très tendres et exigeant les plus grandes précautions ».

A cette date il n'avait pas été dressé de devis pour les piédestaux, « il eût été presque illusoire par le renchérissement progressif et presque journalier du prix des matériaux, de la main d'œuvre et des journées d'ouvriers ».

Dans le même dossier (A. N. F 13 875), nous relevons que la dépense des piédestaux s'élevait jusqu'au 30 fructidor an III, « en apparence à la somme de 325.000 livres et que celle qui restait à faire est évaluée à la somme de 445.000 livres, ce qui donne un total de 768.000 livres ».

En brumaire an IV les appareils et machines qui ont servi à l'élévation des groupes de Coustou « sont envoyés et mis

1. On ne dit plus que les piédestaux sont de David.
2. F. 13, 327-328. — On se rend compte de la confusion signalée, il n'est parlé dans cette pièce que du prix d'un seul des piédestaux, sans que nulle part on trouve trace de l'autre.

à l'abri dans un hangar de la maison nationale dite d'Harcourt ».

Le 12 brumaire an V, les sculpteurs Georgery et Mongin, chargés des sculptures des piédestaux, donnent avis qu'ils ne peuvent les activer davantage « attendu la lenteur ou la presque nullité des paiements » ; et cette sculpture, pourtant peu importante, n'était pas encore terminée en thermidor, les sculpteurs se plaignant alors qu'on avait enlevé « les doublures de tapisserie qui leur servaient d'abri contre le soleil et le mauvais temps ». Ce qui nécessita l'organisation d'un poste de quatre hommes et un caporal pour veiller nuit et jour auprès des piédestaux.

Nous donnons également des règlements de comptes faits beaucoup plus tard par le Conseil des bâtiments civils dans la séance du 22 messidor an VII.

Mémoire d'ouvrages de pavé faits à l'occasion de l'établissement des Piés d'estaux à l'entrée des Champs Elysées dans les mois de vendémiaire et brumaire de l'an IV. Ordre pour faire ces travaux de l'an III.

Règlement définitif . . 6167 fr. 17

Mémoire des ouvrages de charpente faits pour l'établissement des pieds d'Estaux des chevaux de Marly, place de la Révolution par le citoyen Giraud commencé dans les deux derniers mois de l'an II et fini en vendemiaire an III.

On demande 1.008.441 livres, règlement
définitif   66.777 fr. en assignats.

Mémoire de terrasse faite pour la construction des fondations des piés d'estaux des chevaux de Marly. Commencé le 24 messidor an III et terminé les jours complémentaires, même année,   en assignats 8516 fr. 26

Dans diverses séances du Conseil des ans IX et XI :

Mémoire de Jean pour ouvrage de serrurerie faite aux piédestaux des chevaux de Marly, fin de l'an III, et sous la surveillance du cit de Lannoy
réglé à 55.156 fr. en assignats.

Plomberie et plomb en l'an IV pour le scellement des socles des chevaux de Marly. Citoyen Lannoy architecte   477 fr. 50

Maçonnerie sous les voûtes entre les chevaux de Marly, prairial et messidor an X. Legrand architecte   2796 fr. 74.

En l'an VI, Millin, conservateur du Museum des antiques, dans sa *Description des statues des Tuileries*, sort du jardin, traverse la place de la Révolution pour aller admirer « ces deux chevaux bien plus légers, bien plus fougueux, pleins d'un plus noble feu que ceux de Coysevox, ils sont de Guillaume Coustou, et son dernier ouvrage, tous deux se cabrent et sont conduits, l'un par un Européen, l'autre par un Africain. Ces groupes suffiraient pour immortaliser leur auteur ; et les chevaux de Phidias et de Calamides, si admirés dans l'antiquité, n'étaient peut-être pas plus parfaits ».

Nous avons tenu à donner cette appréciation d'un juge compétent, deux ans après l'installation de ces deux chefs-d'œuvre sur une promenade parisienne, c'est que la même année l'auteur du « *Guide du promeneur aux Tuileries ou Description du Palais et du Jardin national* en l'an VI, par Louis Philippon de la Madelaine », fait cette remarque : « Ces deux superbes groupes, élevés sur de hauts piédestaux, sont des copies de deux antiques célèbres, qu'on voit à Rome sur la place de *Monte-Cavallo* ». L'auteur a voulu faire allusion aux deux gigantesques groupes des Dioscures, Castor et Pollux, accostés à des chevaux, sur la place du Quirinal, qu'il suffit de comparer pour voir que Philippon de la Madelaine, s'il reconnaît la beauté des statues de Coustou, a eu tort d'en contester l'originalité de l'invention et de la composition ; c'est d'ailleurs le seul critique, croyons-nous, qui ait émis un tel jugement.

Un autre auteur, Le Camus, dans sa *Lettre au citoyen G**** 25 frimaire an IX (Bib. nat. LK 7 7556), critique le « placement mal raisonné de plusieurs statues, notamment de ces beaux groupes de Coustou qui n'ayant été faits que pour fermer l'entrée d'une grande enceinte, se trouvent très déplacés à l'entrée des Champs-Elysées, et font par leur isolement un contraste désagréable, et une dissonance, si on peut parler ainsi, avec les groupes de l'entrée des Tuileries (ceux de Coysevox), qui sont réellement placés là comme ils doivent l'être. Il me semble que ceux de Coustou auraient beaucoup mieux fait à l'entrée du Château par le Carrousel que les espèces de corps de garde qui y sont et qui sont trop petits et ne répondent nullement à l'entrée de la cour ».

Le Camus revient comme on le voit à la première idée, d'installer les chevaux de Marly sur des guérites à l'entrée du Palais national (Tuileries), où siégeait la Convention. Ce sont ces « espèces de corps de garde » que nous avons encore vus dans le second empire, servir d'abri aux Guides de l'Impératrice, ou aux Cent-Gardes en faction.

Le fardier qui a servi au transport des deux groupes et que l'on continue à indiquer comme étant conservé au Conservatoire des arts et métiers, à côté de la voiture à vapeur de Cugnot, n'y est plus depuis longtemps. Il est encore signalé dans le catalogue du Conservatoire de 1818 : « Fardier qui a servi à transporter de Marly à Paris les groupes de Coustou, il a été construit dans l'arsenal de Melun (erreur pour Meulan)[1] par les soins de M. le colonel Grobert ». Il se trouvait dans la Galerie d'entrée avec les « Machines en grand » ainsi qu'un « Treuil double qui a servi au chargement et au déchargement des groupes de Coustou ».

L'édition suivante du Catalogue, parue seulement en 1851, ne fait plus mention de ces objets et à la suite de nos recherches, facilitées par M. Eloy, conservateur des collections, nous avons appris que le treuil avait été remis aux Domaines pour en faire la vente et il a dû en être de même pour le fardier.

Si ces objets n'y sont plus, le Conservatoire possède comme souvenir de cette remarquable opération de transport, dont il a été souvent parlé, presque autant que du transport de l'Obélisque de Louqsor, voisin des deux groupes : « Dix dessins représentant le grand fardier et le cabestan qui ont servi au chargement et au transport des statues équestres de la place Louis Quinze, de Marly à Paris ». Ces dessins, qui ne font pas double emploi avec les planches gravées dans l'ouvrage de

1. Un hambourgeois, Fred. Jean Laurent Meyer, dans des « Fragments sur Paris » Hambourg, 1798. parle de nos groupes, mais il fait une autre erreur en indiquant l'arsenal de Meudon. Ce voyageur signale avoir vu l'historique de ce « transport merveilleux » gravé sur le piédestal ..... 11 septembre 1795. C'est la plaque commémorative dont le texte a été donné par Grobert. Le Senne et Pelissier, elle ne s'y trouve plus et nous ne savons à quelle époque elle a pu disparaitre.

Grobert, sont conservés dans le Portefeuille dit de Vaucanson, salle 53, tiroir 35, 2ᵉ carton, nº 111, dossier 2. On peut ajouter ces dessins à l'iconographie donnée par M. Pélissier, ainsi que les deux dessins des piédestaux, conservés à Carnavalet et signalés plus haut.

Nous n'avons pas eu l'intention de faire une monographie complète des chevaux de Marly aux Champs-Elysées, on a dû s'en apercevoir, mais rassembler plutôt quelques documents inédits qui peuvent servir à compléter en partie l'historique de ces deux statues équestres.

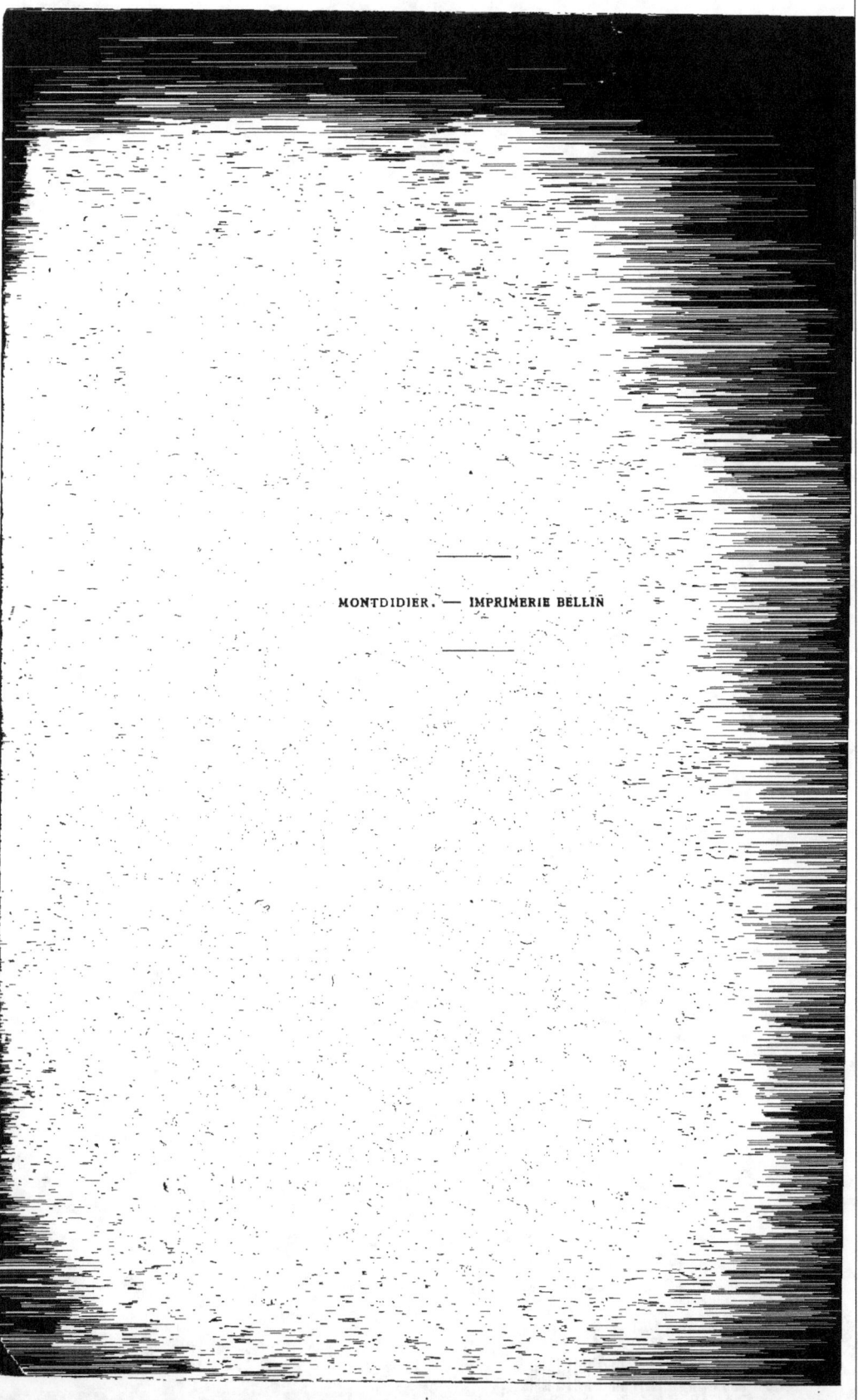

MONTDIDIER. — IMPRIMERIE BELLIN